CARTOON NETWORK®

¡SCOOBY-DOO!™
Y EL
BARCO HUNDIDO

Busca la serie de **Los Misterios de Scooby-Doo**.
¡Colecciónalos!

¡SCOOBY-DOO! Y EL BARCO HUNDIDO

Escrito por
James Gelsey

SCHOLASTIC INC.

New York Toronto London Auckland Sydney
Mexico City New Delhi Hong Kong Buenos Aires

A Jason

Originally published in English as *Scooby-Doo! And the Sunken Ship*
Translated by Nuria Molinero.

ISBN 0-439-55116-1

12 11 10 9 8 7 6 5 4 3   3 4 5 6 7 8/0

Special thanks to Duendes Del Sur for cover and interior illustrations.

Printed in the U.S.A.   08

First Spanish printing, December 2003

—Gira aquí, Fred —dijo Daphne de repente. Fred giró a la derecha y la Máquina del Misterio empezó a bajar lentamente por un camino estrecho lleno de curvas.

—¿Daphne, estás segura de que por aquí se llega a Sandy Cove? —preguntó Fred.

—Segurísima —respondió Daphne y señaló un enorme roble—. Recuerdo ese árbol tan grande de la época en que mi familia venía por acá. Tía Maggie dice que es el árbol más viejo de Sandy Cove. Tengo muchas ganas de verlos, a ella y a tío Murray.

—Según esta guía —dijo Velma—, Sandy

1

Cove es uno de los pueblos más antiguos de todo el estado.

—Es verdad —dijo Daphne—. Estoy feliz de que hayamos venido a pasar el fin de semana. Sandy Cove tiene la plaza más linda y las mejores playas.

—Y la mejor excusa para comer papas fritas —añadió Shaggy.

Velma se volteó hacia Shaggy:

—¿A qué te refieres? —preguntó.

—Este... es por el cartel que acabamos de pasar —explicó Shaggy—. Dice "Bienvenidos a la Fiesta de Frye". Imagínense, un pueblo entero dedicado a las papas fritas.

—¡*Rrrrico*! —ladró Scooby-Doo, acariciándose la barriga.

—Shaggy, no es "fríe" —dijo Daphne—. Frye se lee "frai", con "y" y con mayúscula.

—Pero ¿no viene de "freír"? —preguntó Shaggy.

—No, viene de Capitán Horacio P. Frye —dijo Velma, corrigiéndole—. Es un pirata que vivió en Sandy Cove hace más de trescientos años. De ahí viene el nombre.

—¿*Ro* papas *ritas*? —preguntó Scooby.

—Estoy segura de que habrá papas fritas, Scooby —lo tranquilizó Daphne.

—Un pirata, ¿eh? Entonces quizás haya un tesoro enterrado —dijo Shaggy.

—No lo sé, Shaggy —dijo Fred—, pero creo que veremos fuegos artificiales espectaculares.

—El pueblo está un poco más lejos —dijo Daphne—. ¡Qué ganas de ver Sandy Cove otra vez! Todavía recuerdo a la gente amable y las lindas tiendas de la calle principal.

El camión pasó debajo de un arco blanco y entró en el pueblo. Daphne no podía creer lo que veía. La mayoría de los edificios estaba en muy mal estado y algunos tenían maderos clavados en las ventanas. Las calles estaban casi vacías. No había nada lindo en ese pueblo.

—¿Estás segura de que esto es Sandy Cove? —preguntó Fred.

—Sí —respondió Daphne con tristeza—, pero está todo muy cambiado.

La Máquina del Misterio continuó su camino. Al final de la calle vieron la estatua enorme de un hombre que blandía una espada. Uno de sus pies descansaba sobre un cofre.

—A lo mejor, la gente se marcha por miedo a ese tipo —dijo Shaggy—. No me gustaría encontrarme con él en la oscuridad.

—No te preocupes por eso, Shaggy —dijo Velma—. Ese es el famoso Capitán Frye. Murió hace más de trescientos años.

—Una razón más para no querer encontrarlo —dijo Shaggy.

—¡*Resre* luego! —coincidió Scooby.

Fred dirigió la Máquina del Misterio por el camino que llevaba al Hotel Sandy Cove.

—No dejes que el aspecto del pueblo te desanime, Daphne —dijo Fred—. De todas formas vamos a pasarlo muy bien.

—Ojalá tengas razón —dijo Daphne—. Pero tengo un presentimiento extraño.

Capítulo 2

El Hotel Sandy Cove era un gran edificio de color verde. Tenía tres pisos y muchas ventanas. La pandilla se acercó a la puerta principal y encontró una nota pegada. Daphne leyó en voz alta: "Por favor, entren por la puerta de atrás". Daphne se volvió a la pandilla y dijo:

—Síganme.

La pandilla la siguió por un sendero que conducía a la parte trasera de la casa.

—Chispas —dijo Velma cuando vio la enorme playa que había detrás del hotel—. Desde aquí se ve casi toda la bahía Brannigan.

—A veces incluso más —dijo un hombre de traje blanco y corbata. Llevaba los pantalones enrollados y no tenía zapatos.

—Si miran más allá de Lucky Grove —continuó el hombre—, pueden ver Palmeras Soleadas—. Señaló dos palmeras inclinadas que formaban una herradura. Entre las palmeras se veían varios edificios.

—Eso es Palmeras Soleadas —dijo el hombre—. Es un hotel precioso. Lo más lindo de todo lo que hay por acá. Miren—. Les dio a Fred, Daphne, Velma y Shaggy varios folletos llenos de fotos de gente que nadaba, jugaba en la arena, navegaba y comía.

—¡Barney Silo! —gritó una mujer desde el porche del hotel, bajando los peldaños hasta la playa—. Vete de aquí antes de que llame al sheriff. Ya estoy harta de que intentes robarnos a los clientes.

Barney sonrió y empezó a retroceder.

—Ni siquiera la Fiesta de Frye puede salvar a este pueblo. Es hora de que aceptes la realidad y me vendas el terreno.

La mujer empezó a enfadarse.

—Nunca te venderemos ni un vaso de limonada —dijo—. Y ahora, ¡fuera!

Barney Silo se puso unos auriculares, encendió su radio portátil y se dirigió al agua. Luego se subió a un pequeño bote de remos.

Daphne se acercó a la mujer y le dio un beso.

—Hola, tía Maggie —dijo—. Me alegro mucho de verte.

—Qué alegría verte, Daphne —respondió tía Maggie—. ¡Cuánto has crecido!

—¿Les mencioné que esta noche habrá

una barbacoa en la que pueden comer y beber todo lo que quieran? —gritó Barney Silo mientras se alejaba remando.

Los ojos de Shaggy y Scooby se iluminaron.

—¿Dijo "comer todo lo que quieran"? —preguntó Shaggy.

—Olvídenlo —dijo Daphne—. Nos quedamos aquí, en Sandy Cove.

Scooby agachó la cabeza y Shaggy frunció el ceño.

—No se preocupen —dijo tía Maggie—. Esta noche es la Fiesta de Frye y será fantástica.

—¿Dónde está tío Murray? —preguntó Daphne.

—En el muelle, preparando todo para esta noche —respondió tía Maggie—. Volverá pronto. Vamos, hay limonada y galletas caseras esperándoles en el porche.

Tía Maggie sonrió y saludó con la cabeza a los amigos de Daphne mientras esta se los presentaba. Scooby-Doo movió alegremente la cola cuando tía Maggie le dijo que parecía un perro muy listo y muy valiente.

—Me alegro mucho de conocerlos a todos —dijo tía Maggie—. Espero que aquí se sientan como en su casa.

—¡Genial! —dijo Shaggy—. Así que... este... ¿dónde está la cocina?

—Shaggy —dijo Velma, regañándolo con la mirada—. No se refiere a eso.

—Lo siento —dijo Shaggy.

—Disculpe, tía Maggie —dijo Fred—, ¿quién era el hombre que nos habló antes?

Tía Maggie se sirvió un vaso de limonada y se recostó en la silla.

—Es Barney Silo —dijo—. Es el propietario de Palmeras Soleadas, ese gran hotel que hay en el otro extremo de la playa.

—¿Pero qué hacía aquí? —preguntó Velma.

—Barney Silo está comprando todos los terrenos que puede en la bahía de Brannigan. Quiere ampliar su hotel —dijo—. La mayoría de los lugares que había en la bahía han cerrado. Sandy Cove es el único pueblo que queda.

—¿Por eso van a celebrar la Fiesta de Frye? —preguntó Velma.

—Sí. El Capitán Frye es una leyenda de Sandy Cove —dijo tía Maggie—. La Fiesta de Frye es para celebrar el 350 cumpleaños del Capitán Frye. Esperamos que la celebración atraiga a mucha gente. Barney Silo tiene razón. Si la fiesta es un fracaso, la gente de Sandy Cove le tendrá que vender sus tierras.

Daphne se sentó junto a tía Maggie.

—¿Qué podemos hacer para que la Fiesta de Frye sea un éxito? —preguntó.

—¡Comer y divertirse! —exclamó tía Maggie.

—¡*Rallá* vamos! —ladró Scooby.

Capítulo 3

Después de dejar el equipaje en las habitaciones, la pandilla salió al porche. Todos se habían puesto ropa de playa.

—Bueno, ¿están listos para ir a la playa? —preguntó Fred mirando a Shaggy y a Scooby. Shaggy llevaba un balde y una pala. Scooby se había puesto lentes para el sol y llevaba una toalla morada alrededor del cuello.

—Me parece increíble que la playa esté vacía —dijo Daphne, mientras caminaban hacia la playa—. Cuando yo era pequeña apenas podías caminar de tanta gente que había.

—¡Qué liberación! —dijo una mujer que

pasó justo en ese momento. Llevaba un suéter descolorido, una gorra vieja y unos auriculares conectados a un detector de metales. Pasó junto a Scooby-Doo y la pandilla y se dirigió a un hombre joven sentado en la arena que jugaba con un auto a control remoto.

—Esa mujer me resulta conocida —dijo Daphne y se acercó a ella—. ¿No es usted Edna Crupzak? —preguntó.

La mujer se sorprendió de que Daphne supiera su nombre.

—¿Te conozco? —preguntó.

—Usted tenía el puesto de helados que había en la playa —dijo Daphne sonriendo.

—Nunca hubiera pensado que alguien se acordara —dijo Edna Crupzak—. Tuvimos que cerrar cuando se abrió el hotel Palmeras Soleadas. Los turistas nos abandonaron.

—Es una pena —dijo Velma.

—Ahora lo pasan bien en Palmeras Soleadas —dijo Edna— y a nosotros no nos queda otra cosa que celebrar el cumpleaños de un pirata muerto. Lo único que hizo ese pirata por este pueblo fue pasar la noche aquí.

—Y dejar su tesoro enterrado en alguna parte —dijo el joven que estaba sentado en la arena.

—Cállate, Junior —dijo Edna—. Es hora de marcharnos.

—Sí, mamá —respondió el joven.

Junior Crupzak recogió sus cosas y se dirigió a la playa. Edna se volvió hacia la pandilla.

—Tengan cuidado con Silo —dijo—. Si se descuidan, tratará de comprarlos también a ustedes. Viene todos los días a repartir folletos. Entre nosotros, ojalá que todos se fueran y nos dejaran solos. Por lo menos tendríamos paz y tranquilidad.

Edna encendió el detector de metales, se puso los auriculares y se fue caminando detrás de Junior.

Velma los observó.

—Si no me equivoco —dijo Velma— eso que lleva en el bolsillo de atrás son folletos de Palmeras Soleadas.

—Qué raro —dijo Daphne—. ¿Para qué los querrá?

—¡Quién sabe! —dijo Fred—. En fin, chicos, vinimos a relajarnos. Así que olvidemos a Edna Crupzak y vamos a pasarlo bien.

—Fred tiene razón. Voy a buscar caracolas —dijo Velma—. ¿Alguien quiere venir?

16

—Claro que sí —dijeron a la vez Daphne y Fred.

—¿Y ustedes dos qué van a hacer? —les preguntó Daphne a Shaggy y a Scooby.

—Scooby y yo vamos a construir un castillo —dijo Shaggy, con el balde y la palita en la mano—. Y quizás encontremos un tesoro.

—Bueno, pero no se metan en líos —dijo Daphne.

—¿Líos? —dijo Shaggy—. Estamos en la playa de un tranquilo lugar de veraneo. Este... ¿en qué líos nos vamos a meter?

—Eso es justo lo que no queremos averiguar —dijo Fred.

Capítulo 4

Cuando Fred, Daphne y Velma se alejaron caminando por la playa, Shaggy se volvió hacia Scooby-Doo.

—Eh, Scooby —dijo Shaggy mientras rebuscaba en su bolsillo—. Mira lo que encontré en mi habitación—. Sacó un trozo de papel y lo desdobló con mucho cuidado. Scooby-Doo miró atentamente el papel amarillento.

—¡*Rapa* del *resoro*! —ladró Scooby.

—¡Shhhhhhhhh! —dijo Shaggy, mientras le tapaba la boca a Scooby con la mano—. Este... no hables tan fuerte, amigo.

Shaggy miró a su alrededor y le susurró a Scooby:

—Este es uno de los mapas del tesoro del Capitán Frye. Dice que hay un cofre con un tesoro enterrado en algún lugar de esta playa. Todo lo que tenemos que hacer es seguir las instrucciones del mapa, cavar y encontrarlo.

—¡*Rapas ritas* para *roda* la vida! —dijo Scooby alegremente.

—Eso es, amigo. Así que vamos —dijo Shaggy. Mientras miraba el mapa, Scooby olfateaba la arena. Se acercó demasiado y le entró un poco de arena en la nariz.

—¡*Raaachúuu!* —estornudó.

—Scooby, deja de hacer el payaso —dijo Shaggy—. Estoy tratando de averiguar qué significa este dibujo con forma de herradura. Este... ¿dónde vamos a encontrar una herradura en la playa?

Scooby se quedó pensativo un momento y luego se le ocurrió una idea. Se paró y levantó la pata derecha sobre su cabeza. Luego levantó la pata izquierda y con las dos patas imitó la forma de una herradura.

—Este... no es momento de ponerse a hacer ejercicios, Scooby-Doo —dijo Shaggy—. Necesitamos una herradura o nunca encontraremos el tesoro.

—¡*Rucky rove*! —ladró Scooby. De nuevo imitó la manera en que se inclinaban los dos árboles en forma de herradura.

—Ya te entiendo, Scooby-Doo —gritó Shaggy—. Son esos árboles que señaló Barney Silo que parecen una herradura. Sabía que lo descubriría. ¡Vamos!

Corrieron hacia los árboles que formaban una herradura y se quedaron ahí. Shaggy revisó el mapa de nuevo.

—Aquí dice que hay que contar treinta y tres pasos y que hay que caminar hacia allí —dijo Shaggy señalando la bahía.

Shaggy y Scooby estaban uno al lado del otro bajo los árboles con forma de herradura.

—Yo doy los pasos y tú cuentas, Scooby —dijo Shaggy.

Shaggy comenzó a caminar cuidadosamente dando pasos del mismo tamaño a lo largo de la playa.

—*Runo, ros, res, ruatro, rinco, reis, riete, rocho...* —contó Scooby.

—Eh, espera, Scoob —dijo Shaggy—. El Capitán Frye solamente tenía dos piernas como yo, no cuatro patas como tú. Cuenta mis pasos.

—*Ro riento* —se disculpó Scooby. Shaggy empezó a caminar de nuevo y Scooby siguió contando.

—*Rueve, riez, ronce, roce...* —cuando habían contado veintiún pasos, llegaron a la orilla del agua.

—Y ahora, ¿qué hacemos? —preguntó Shaggy.

Antes de que Scooby pudiera responder, escucharon un fuerte sonido que venía del agua. Delante de ellos, en la bahía, vieron un enorme barco. Tenía dos mástiles grandes con velas blancas enormes. Encima del mástil más alto, una bandera blanca y negra ondeaba al viento.

—Esa es una bandera pirata —dijo Shaggy—. Debe ser un barco pirata.

De repente, el barco comenzó a hundirse.

—¡Cielos! Mira eso —exclamó Shaggy—. El barco se hunde como si fuera una piedra.

En unos momentos, el barco desapareció debajo del agua.

—Chico, qué increíble —dijo Shaggy—. Verás cuando se lo contemos a los demás.

Shaggy y Scooby regresaban cuando escucharon otro ruido extraño. Se volvieron y vieron una explosión de burbujas en el agua.

Alguien comenzó a salir del mar. Estaba cubierto de algas.

A cada paso, la extraña aparición agarraba un puñado de algas de su cuerpo y las botaba. Poco a poco empezó a parecerse a un hombre. Llevaba una chaqueta azul larga, botas negras altas y un sable a la cintura. El hombre iba un poco encorvado y tenía un parche sobre el ojo derecho. No era un hombre cualquiera. ¡Era un pirata! Se acercó cojeando, sacó el sable de su cintura y lo levantó por encima de la cabeza.

—¡Aaah! Me alegra volver a Sandy Cove —dijo con voz áspera.

—¡Cielos! —dijo Shaggy, boquiabierto—. ¡Es el fantasma del Capitán Frye! ¡Corre, Scooby-Doo, corre!

Capítulo 5

Fred, Daphne y Velma acababan de volver al hotel justo cuando Shaggy y Scooby llegaron corriendo hasta el porche.

—¡Está aquí! ¡Lo vimos! —exclamó Shaggy.

—¿A quién? —preguntó Fred.

Scooby se paró sobre sus patas traseras. Se encorvó un poco, cerró un ojo y caminó cojeando en círculos.

—¡*Grrrrrrrr*! —rugió Scooby.

—¡Al Capitán Frye! —dijo Shaggy—. Vimos cómo se hundía su barco pirata en la bahía. Luego salió del agua y caminó hacia la playa.

—Nosotros también vimos hundirse un barco —dijo Daphne—, pero no vimos a ningún pirata.

—Shaggy, el barco pirata es un efecto especial para la fiesta de esta noche —dijo Velma—. Es una manera de recordar el hundimiento del verdadero barco del Capitán Frye, hace más de trescientos años.

Tía Maggie asintió:

—También habrá fuegos artificiales. Tío Murray estuvo trabajando en eso toda la mañana. Le encantará saber que pareció real.

—Bueno, si ese barco no era real, ¿qué pasa con el pirata? —preguntó Shaggy.

—Que yo sepa, no hay ningún pirata en el espectáculo —dijo tía Maggie—, pero a lo mejor lo incluyeron en el último momento.

—O quizás sea realmente el fantasma del Capitán Frye —dijo Shaggy—. Y está enfadado porque no lo invitaron a su propia fiesta de cumpleaños.

—¡Aaaaahhh!, ¿qué tenemos aquí, amigos? —dijo un hombre desde la parte de arriba de las escaleras.

—¡*Rielos*! —Scooby ladró y se escondió debajo de la silla de Daphne.

—¡Tío Murray! —exclamó Daphne. Se acercó corriendo y le dio un abrazo.

—Hola, Daphne —dijo tío Murray con una gran sonrisa.

Tía Maggie se acercó a su esposo.

—Tu barco tuvo mucho éxito con los amigos de Daphne —dijo.

—¿A qué te refieres? —preguntó tío Murray

—Ya sabes, tío Murray —dijo Daphne—, eso de hundir el barco en la bahía. Realmente engañó a Shaggy y a Scooby.

Shaggy sonrió y saludó con la mano a tío Murray. Scooby asomó la cabeza por debajo de la silla.

—*Rola* —dijo Scooby.

—No me explico cómo —dijo tío

Murray—. El barco se mueve por control remoto, y Salty Joe y yo pasamos la mañana tratando de que funcionara. Creo que tiene el mando estropeado. Hace un rato nos dimos por vencidos.

La pandilla se miró.

—¿Quiere decir que ustedes no hundieron el barco? —dijo Fred.

—Siento decir que no —respondió tío Murray.

—Chispas —dijo Velma—. Quizás era realmente un barco fantasma.

Justo entonces la música de la radio dejó de sonar. Un fuerte chirrido salió por los altoparlantes. Entonces una voz extraña comenzó a hablar.

—Atención, Sandy Cove —dijo la voz—. Soy el Capitán Horacio Frye. Les advierto a todos que se marchen de este pueblo antes de que se ponga el sol. ¡No les volveré a advertir!

Después de la voz se escuchó de nuevo el chirrido y la música volvió a sonar.

—¡Cielos! —exclamó Shaggy—. Este... eso sonaba como el pirata que Scooby y yo vimos en la playa. El Capitán Frye realmente está aquí. ¡Scooby, hazme sitio!—. Shaggy se lanzó en picado debajo de la silla de Daphne, junto a Scooby.

Tía Maggie y tío Murray movieron la cabeza con pesar.

—Parece que alguien no quiere que celebremos la Fiesta de Frye —dijo tío Murray.

—Es terrible —dijo tía Maggie.

Daphne la rodeó con el brazo.

—No pierdas la esperanza, tía Maggie —dijo.

—Eso es —dijo Fred—. Misterio S.A. se hace cargo oficialmente del caso. ¿Cierto, chicos?

—¡Cierto! —gritaron Shaggy, Daphne y Velma.

—¡*Rierto*! —ladró Scooby debajo de la silla.

Capítulo 6

La pandilla se reunió en el porche del Hotel Sandy Cove.

—Bueno, chicos, tenemos mucho que investigar si queremos llegar al fondo de la cuestión antes de que empiece la Fiesta de Frye —dijo Fred—. Antes de nada, alguien tiene que inspeccionar ese misterioso barco hundido.

Fred, Daphne y Velma miraron a Shaggy y a Scooby.

—Nosotros, no —dijo Shaggy. Él y Scooby negaron con la cabeza.

—Ustedes dos son los únicos que han visto al pirata —añadió Velma.

—Además, puede que incluso encuentren un tesoro escondido —dijo Daphne.

Shaggy dejó de negar con la cabeza y se quedó pensando un momento.

—Huuummm. Quizás tengas razón —dijo Shaggy.

—Ro, no —dijo Scooby.

—Scooby, el pirata tiene más de trescientos años —dijo Shaggy—. Aunque estuviera ahí nunca sería más rápido que tú.

—¿Lo harías si te damos una Scooby galleta? —preguntó Daphne.

—Ro —ladró Scooby.

—¿Y si te damos dos Scooby galletas? —preguntó Fred.

Scooby negó con la cabeza.

—Está bien. Entonces te daremos tres Scooby galletas —dijo Velma.

—Y un *resoro rescondido* —añadió Scooby.

—Y un tesoro escondido —concedió Velma.

—¡*Rokay*! —ladró Scooby.

Velma sacó tres Scooby galletas de su bolso y las lanzó de una en una. Scooby las atrapó de un salto y se las tragó de golpe.

—Mientras investigan —dijo tía Maggie—, nosotros vamos a intentar que se quede mucha gente en la fiesta esta noche.

—Muy buena idea, tía Maggie —dijo Daphne.

—Quiero ir al ayuntamiento a averiguar algo —dijo Velma.

—Muy bien —dijo Fred—. Daphne y yo iremos con Shaggy y Scooby al muelle y luego echaremos un vistazo por la playa.

—Shaggy y Scooby —dijo tío Murray—, si quieren bucear en la bahía, deberían hablar

con Salty Joe. Ahora está en el muelle y estará encantado de ayudarlos. Díganle que van de mi parte.

—Gracias, tío Murray —dijo Fred—. Bueno, chicos, a trabajar.

Velma se marchó por el sendero que conducía al pueblo. Fred, Daphne, Shaggy y Scooby se fueron en dirección al muelle.

El muelle no era espectacular. Consistía en una fila de listones de madera que se adentraban en la bahía. Algunos listones estaban rotos e incluso faltaban. Al final del muelle había un viejo cobertizo de madera.

—Buena suerte —dijo Daphne y continuó caminando por la playa con Fred.

—Supongo que este es el sitio —dijo Shaggy—. ¿Estás listo, Scoob?

—*Ro, ro* —dijo Scooby.

—Yo tampoco —dijo Shaggy—. Tú primero.

Shaggy empujó ligeramente a Scooby hacia

el muelle. Scooby empezó a caminar con cuidado sobre los listones. Shaggy lo siguió lentamente. Cuando llegaron al final del muelle, Shaggy llamó levemente a la puerta de madera del cobertizo.

—¡Hola! —gritó Shaggy—. ¿Hay alguien aquí?

La puerta se abrió y salió un anciano. Tenía una barba tupida, bigotes de color gris y llevaba un parche de pirata.

—¡Un *rirata*! —ladró Scooby mientras se lanzaba a los brazos de Shaggy.

—No soy pirata —dijo el hombre—. Soy Salty Joe. ¿En qué puedo ayudarlos?

—¿Puede... este... ayudarnos? Queremos bucear —dijo Shaggy.

—¿Quién los envía? —preguntó Salty Joe.

—Tío Murray —respondió Shaggy.

—¿Murray? ¿Cómo no lo dijeron antes? —dijo Salty Joe—. Ahora mismo vuelvo.

Salty Joe entró de nuevo en el cobertizo y salió con dos equipos de buceo, aletas y máscaras.

—Aquí tienen —dijo Salty Joe—. Equipo de primera clase para bucear.

—Eh, Scooby, este equipo está hecho justo a tu medida —dijo Shaggy.

—¿*Ri*? —dijo Scooby.

—Sí. Equipo de buceo para "*Scoobyllirse*" por el agua —bromeó Shaggy—. ¿Entiendes? ¿"*Scoobyllirse*", escabullirse?

Shaggy y Scooby rieron mientras Salty Joe los ayudaba a ponerse el equipo.

—Tienen que respirar por aquí —explicó Salty Joe—. También necesitarán esto—. Le dio una linterna a Shaggy.

—Bueno, Scooby —dijo Shaggy—, vamos a buscar el tesoro.

Shaggy y Scooby bajaron lentamente al fondo de la bahía Brannigan. Tocaron el fondo con los pies y Shaggy se volvió hacia Scooby para decir algo.

"*Glub, glub, glub, glub, glub, glub, glub*" fue todo lo que escuchó Scooby. Era difícil hablar bajo el agua con el equipo de buceo. Luego Shaggy señaló la dirección en la que debían ir. Los dos caminaron juntos por el fondo de la bahía. A su lado nadaban muchos tipos de peces. Era difícil fijarse en todos porque había mucha variedad. Había peces rojos, blancos, rayados y alargados, flacos y gordos. Nadaron junto a una piedra grande. Shaggy extendió la mano y ¡la piedra se movió, abrió los ojos y miró a Shaggy y a Scooby! Después de todo, no era una piedra. ¡Era un pulpo! Levantó sus ocho brazos y saludó a los chicos.

—¡*Cielglup*! —exclamó Shaggy—. ¡*Vamoglup*!

Él y Scooby se dieron impulso y se marcharon nadando. Habían avanzado solamente unos metros cuando vieron algo frente a ellos.

A medida que se acercaban comprobaron que era el barco hundido. Shaggy y Scooby podían ver partes de la cubierta. Shaggy miró a Scooby y le mostró los pulgares hacia arriba. El tesoro escondido tenía que estar ahí.

Shaggy y Scooby se acercaron nadando para ver mejor. De repente hubo un estallido de burbujas dentro del barco y apareció el Capitán Frye. Tenía un sable en una mano y una linterna en la otra.

—¡Ahhh! Les advertí que se marcharan de Sandy Cove —dijo. Su voz no estaba llena de burbujas de aire, como la de Shaggy—. ¡Ahora me las pagarán!

El Capitán Frye comenzó a nadar hacia ellos.

—¡*Rielos*, *glups*! —ladró Scooby. Se volvió y nadó moviendo las patas a toda velocidad. El Capitán Frye se acercaba. Justo cuando estaba a punto de agarrar la cola de Scooby, algo jaló al Capitán Frye hacia atrás. ¡Era el pulpo! Shaggy y Scooby nadaron hasta

ponerse a salvo mientras el Capitán Frye peleaba con la criatura de ocho brazos.

Shaggy y Scooby nadaron hasta el muelle. Salty Joe los ayudó a quitarse el equipo.

—¿Tuvieron suerte? —preguntó Salty Joe.

—Este... tuvimos suerte porque no nos comió un pulpo ni nos atacó el Capitán Frye —dijo Shaggy—. Ya verás cuando los demás sepan lo que nos pasó.

Él y Scooby corrieron por el muelle hasta el Hotel Sandy Cove.

Fred, Daphne y Velma ya estaban esperándolos en el porche con tía Maggie y tío Murray.

—¡Vimos de nuevo al Capitán Frye! —dijo Shaggy—. ¡Estaba en el barco, nos vio y nos persiguió con su espada!

—¿Qué hacía el Capitán Frye cuando lo encontraron? —preguntó Velma.

—Creo que buscaba algo cerca del barco hundido —dijo Shaggy—. Pero cuando nos vio, se detuvo y empezó a gritarnos. Decía que nos había advertido que nos fuéramos de Sandy Cove.

—Qué raro —dijo Velma—. La gente no puede hablar debajo del agua.

—¿Qué descubrieron Daphne y tú, Fred? —preguntó tío Murray.

—Encontramos un viejo bote de remos en la playa —dijo Daphne.

—Y mira lo que había dentro —añadió Fred. Les mostró a todos un puñado de folletos mojados de Palmeras Soleadas y un par de auriculares.

—Por lo que descubrí hoy en el ayuntamiento —dijo Velma—, presiento que este pirata fantasma quiere algo más que unas vacaciones tranquilas en su antiguo pueblo.

—Creo que Velma tiene razón —añadió Fred—. Es hora de poner una trampa para atrapar a este fantasma. Y no hay mejor ocasión que su fiesta de cumpleaños.

Capítulo 8

BIENVENIDOS A LA FIESTA DE FRYE

Esa noche, todos se reunieron en la playa para celebrar la fiesta de cumpleaños del Capitán Frye. Por los altoparlantes sonaba la música y todos llevaban sombreros de pirata y parches sobre un ojo. Junto al muelle habían excavado un enorme foso para instalar una barbacoa. Hamburguesas, *hot dogs*, langostas, maíz, papas y otras comidas ricas se asaban lentamente sobre el carbón.

—Bueno, Scooby-Doo —dijo Shaggy—. Es hora de cenar.

—Antes hay que atrapar al fantasma —dijo Fred detrás de él—. Luego todos comeremos.

45

Fred llevó a Shaggy y a Scooby hasta el extremo del muelle, lejos de la gente. Daphne, Velma, tío Murray, tía Maggie y Salty Joe esperaban allí. Junto a Salty Joe había un viejo cofre cubierto de algas.

—Este es el plan —dijo Fred—. Tío Murray y tía Maggie le dirán a todo el mundo que hemos encontrado el tesoro del Capitán Frye.

—¿Lo encontramos? —preguntó Shaggy sorprendido.

—En realidad no, Shaggy —dijo Velma—. Forma parte de la trampa.

—Este... ya lo sabía —dijo Shaggy. Miró hacia el cofre y vio a su lado dos equipos de buceo.

—¿Tenemos que ponernos eso otra vez? —preguntó Shaggy.

—Solamente para que los vean —dijo Daphne.

—*Ro, ro* —dijo Scooby, negando con la cabeza.

46

—Pero no hay nada que temer —dijo Daphne.

—¡*Rulpo*! —dijo Scooby, agitando sus patas como si fuera la criatura de ocho brazos que encontró en la bahía.

—No te preocupes, Scooby —dijo Velma—. Revisamos la playa y no hay ni un solo pulpo.

—Miren, no tenemos mucho tiempo —dijo Fred—. Shaggy, Scooby, pónganse el equipo de buceo. Salty Joe llevará el cofre del tesoro hasta donde está la barbacoa. Será el cebo para que salga el Capitán Frye. Cuando aparezca, tío Murray y yo lo atraparemos con una red de pescar.

Tía Maggie se acercó a Scooby-Doo.

—Cuando todo haya terminado, Scooby —dijo—, podrás comer todo lo que quieras.

—¡*Rien*! —ladró Scooby. Agarró la máscara de buceo y se la puso, pero respiraba con tanta fuerza que se le empañó el vidrio.

—Daphne, ¿recuerdas dónde encontraron el bote de remos? —preguntó Velma.

—Sí —dijo Daphne.

—Entonces, vamos hasta allí —dijo Velma—. Tengo el presentimiento de que encontraremos algo interesante.

Daphne y Velma se fueron caminando por la playa.

—Vamos —dijo Fred.

Tía Maggie y tío Murray se acercaron adonde estaba la gente y pidieron que los escucharan. Todos se quedaron boquiabiertos cuando tía Maggie y tío Murray les hablaron del tesoro.

—Ahora nos toca a nosotros, Scooby-Doo —dijo Shaggy. Él y Scooby se acercaron hasta donde estaban todos, seguidos por Salty Joe con el cofre en la espalda. Fred se escabulló hacia el otro lado de la gente. Llevaba una red de pescar.

Scooby, Shaggy y Salty Joe se quedaron entre la gente. Salty Joe puso el cofre en la arena.

—Estos dos buceadores han encontrado

el tesoro en un barco pirata hundido en la bahía —dijo tío Murray.

—Y han prometido donar todo lo que hay en el cofre a Sandy Cove para que el pueblo siga vivo —añadió tía Maggie. Todos gritaron vivas mientras tío Murray se acercaba al cofre y se arrodillaba. Lo abrió con una palanca. Todo el mundo dio un paso adelante para ver qué había dentro del cofre. Justo entonces se oyó una explosión en el agua.

Se dieron la vuelta y vieron salir del mar al Capitán Frye.

—¡Alto! —gritó. Su voz salía de los altoparlantes—. ¡Denme mi tesoro o los maldeciré a ustedes y a este pueblo para siempre!

A medida que el pirata se acercaba, todos se apartaban de su camino. El Capitán Frye estaba cada vez más cerca de Shaggy, Scooby y el cofre con el tesoro.

—¡Ahora! —gritó Fred. Fred y tío Murray salieron de entre la multitud y lanzaron la red sobre el pirata. El Capitán Frye agitó su sable y la red cayó al suelo.

—Debe ser una red vieja —dijo Salty Joe.

—¡Ahora me las pagarán! —gritó el capitán Frye.

—¡Cielos! —gritó Shaggy—. ¡Vámonos de aquí, Scooby!

Él y Scooby trataron de huir pero el equipo de buceo pesaba demasiado. Scooby dio un paso en una dirección, pero los pesados tanques de aire lo llevaron hacia otra. Scooby perdió el equilibrio y tropezó con el Capitán Frye. El pirata se tambaleó y final-

51

mente cayó dentro del cofre. Scooby todavía no había recuperado el equilibrio. Trató de agarrarse a algo para no caer. Con una pata golpeó la tapa del cofre y esta se cerró, dejando encerrado al Capitán Frye.

Capítulo 9

—¡**A**uxilio! ¡Déjenme salir! —gritaba el Capitán Frye dentro del cofre. Todos se miraron.

—No parece un pirata —dijo tía Maggie.

—¡Auxilio! —gritó el Capitán Frye.

—Cállate ya, pirata chillón —dijo una mujer. Era Edna Crupzak. Se abría paso entre la gente, escoltada por Daphne y Velma. Tomó la palanca que tenía tío Murray y abrió el cofre.

—Pero ¿qué pasa aquí? —preguntó Salty Joe.

—Creo que yo lo sé —dijo Velma—. Primero veamos si tengo razón.

Salty Joe estiró la mano hasta el cuello del pirata y jaló con fuerza. Todos se quedaron estupefactos cuando vieron que Salty Joe se quedaba con la cabeza del pirata en la mano. En realidad era una escafandra de buceo que tenía una máscara de pirata encima y adentro estaba Junior Crupzak.

—¡Junior Crupzak! —exclamó tía Maggie—. Nunca lo hubiera imaginado.

—Al principio nosotros tampoco —dijo Fred—. La única pista que teníamos era un puñado de folletos en un bote de remos.

—Una pista que al principio señalaba a Barney Silo —dijo Daphne.

—Pero luego empezamos a reunir pistas —añadió Velma—. Como cuando tío Murray dijo que el barco se manejaba por control remoto.

—En la playa, Junior Crupzak jugaba con un auto a control remoto —dijo Fred—. Usó ese mando para controlar el barco de tío Murray y hundirlo.

—Y apuesto a que si miran dentro de la escafandra de buceo encontrarán algún tipo de micrófono y transmisor —dijo Velma—. Junior sintonizó la frecuencia de la emisora de radio para que su voz saliera por los altoparlantes de las radios.

Tía Maggie miró a Edna Crupzak.

—Tú has vivido aquí toda tu vida —dijo tía Maggie— ¿Por qué querías estropear la fiesta y dejar que Barney Silo se apoderara de Sandy Cove?

—Porque es verdad que hay un tesoro escondido —dijo Velma—. Lo confirmé en el ayuntamiento. Según el archivo histórico, el barco del Capitán Frye se hundió con una colección de joyas y otros objetos de valor que había robado.

—Y se hundió exactamente donde hoy se hundió el barco —explicó Fred—. Edna y Junior pensaron que eso los ayudaría a encontrar el tesoro.

Edna asintió.

—Es cierto —dijo—. Junior y yo pensábamos usar el tesoro para comprar Palmeras Soleadas y demoler el hotel. Queríamos librarnos de todos los turistas para poder vivir tranquilos. Y hubiéramos encontrado el tesoro si no hubiera sido por estos jóvenes entrometidos y su perro.

—¡Bravo, muchachos! —dijo Barney Silo, adelantándose—. Me han servido de inspiración. La leyenda del Capitán Frye es muy importante. Basta ver cuánta gente vino a su celebración. Sandy Cove recobrará su antiguo esplendor pirata. Todos conservarán sus hogares y sus tiendas. Arreglaremos este pueblo para que sea como antes, cuando vivía el Capitán Frye.

—¡Hurra! —gritaron todos.

¡BUM, BUM, BUM! Hubo una explosión de fuegos artificiales. Luces de colores iluminaron el cielo.

—Bueno, chicos, otro misterio resuelto —dijo Fred.

—Y se lo debemos todo a Scooby-Doo —dijo tía Maggie.

¡BUM, BUM, BUM! Todos miraron al cielo

y vieron la cara de Scooby-Doo formada por fuegos artificiales.

—¡Scooby-Dooby-Doo! —gritó Scooby.

Acerca del autor

Cuando era niño, James Gelsey corría de la escuela a casa para ver los dibujos animados de Scooby-Doo en la televisión (después de hacer sus tareas). Hoy día todavía le gusta verlos con su esposa y su hija. En su casa tiene un perro de verdad que también se llama Scooby y le encantan las Scooby galletas.